王朝后院的极品红颜

英子 著

图书在版编目（ＣＩＰ）数据

王朝后院的极品红颜 / 英子著. -- 北京：台海出
版社，2016.8
（极品女人丛书）
ISBN 978-7-5168-1108-5

I.①王... II.①英... III.①女性 - 名人 - 列传 - 世
界 - 通俗读物 IV.①K818.5-49

中国版本图书馆CIP数据核字(2016)第200014号

王朝后院的极品红颜

著　　者：英子

责任编辑：俞滟荣
版式设计：深圳时代新韵传媒　　　　　　责任印刷：蔡旭

出版发行：台海出版社
地　　址：北京市朝阳区劲松南路1号　　　邮政编码：100021
电　　话：010-64041652（发行，邮购）
传　　真：010-84045799（总编室）
网　　址：www.taimeng.org.cn/thcbs/default.htm
E－mail：thcbs@126.com

经　　销：全国各地新华书店
印　　刷：深圳市源昌盛彩色印刷有限公司
本书如有破损、缺页、装订错误，请与本社联系调换

开　　本：787mm×1092mm　　1/32
字　　数：400千字　　　　　　　印　　张：25
版　　次：2016年8月第1版　　　印　　次：2016年8月第1次印刷
书　　号：ISBN 978-7-5168-1108-5

定　　价：249.50元

前 言

此刻，你将走近这些熠熠生辉的女子：林徽因、陈圆圆、西施、张爱玲、李清照、布朗特三姐妹……

她们或才华横溢，或沉鱼落雁；她们或成就历史，或改变历史。无一例外的是，她们都有着令人折服的魅力，有着受人尊重的才华，都曾经拥有过荣耀的人生征途。

《王朝后院的极品红颜》、《历史上的巾帼传奇》、《屹立世界巅峰的女王》、《令男人放弃江山的美人》、《中外绝代才女秘事》这5本书中的30个女子，穿越岁月长河与我们相遇。

成功男人背后必定有一位与众不同的女人，《王朝后院的极品红颜》揭开重重历史的迷雾，探寻在成功男人光环覆

盖下的聪慧女子。芈月、孝庄皇后、卫夫子、长孙皇后……她们用美貌或智慧改变王朝兴衰、更替历史轨迹。经年之后，当人们再次翻开长卷，风华依旧。

《历史上的巾帼传奇》记载了众多不让须眉的巾帼英雄。红尘滚滚拦不住荏苒岁月，她们以女儿身叱咤在血雨腥风的战场，或凯旋，或失意，得到男儿也鲜有的尊荣和显耀。她们之中有"拜将封侯"的秦良玉，"梵蒂冈封圣"的贞德，乱世浮沉改变了她们的命运，而她们又改变了这个坎坷浊世。

《中外绝代才女秘事》中的主角们如同阳光下盛放的娇艳玫瑰，她们从纯净少女蜕变成绝代才女，走过了花月云雨，闪耀着咏絮之才的傲人华辉。林徽因、李清照、勃朗特、张爱玲……她们才华横溢也百般妩媚，她们燃烧岁月照亮坎坷旅途，谱写动人芳华和生命印记。

自古红颜多薄命。《令男人放弃江山的美人》书写了举世闻名的美女，她们羞花闭月的容颜却敌不过红尘滚滚，甚至无能为力地成为男人的附庸。那惊鸿一瞥的美丽，终究化为袅袅青烟，消散在浩渺天际。貂蝉、西施、杨玉环、王昭君、陈圆圆、赵飞燕……这些耳熟能详的古典美人，逃不过宿命，一波又一波看似繁华的过往，奏出一曲又一曲泣泪哀婉的悲歌。

《屹立世界巅峰的女王》以武则天、伊丽莎白女王、埃及艳后等权力巅峰女王的视角，讲述她们改变世界的旷世惊人之路。她们掀起政坛风云，创造世界历史。

"极品女人丛书"以古今中外杰出的女性为题材，以优美的文风，清新的语言，波澜起伏的故事，展现女性心灵成长轨迹。

这些历史上的传奇女性，她们值得被铭记，值得被传颂，值得我们去阅读，并享受这片刻美好的时光。

目录

第一辑 传奇皇后卫子夫

传奇皇后　衛子夫

——蝶绕青川下，一缕青魂，翩翩残花入凡尘。

她是一位很普通的歌女，意外遇上了天之骄子。

她凭着自己的才华，默默耕耘，一世沧桑，半世辛劳，成就了她的丈夫汉武帝，让他无后顾之忧，建立起一个鼎盛的汉王朝……

母仪天下为一人

蝶绕青川下，一缕青魂，翩翩残花入凡尘。

卫子夫与汉武帝的爱情成为许多人津津乐道的故事。

如今辗转千年，回眸那大汉王朝的天下，伊人如斯。

前溯两千多年，有一则民歌，歌曰："生男无喜，生女无怒，独不见卫子夫霸天下！"

"霸"字对于一位女性并不算很好听的词汇，也亏太史公在"自序"里有"嘉夫德若斯"的前评。

一言就说出关键之处，卫子夫乃是以德行受天下人仰慕。

刘彻与卫子夫的爱情，文人墨客加入了大量的文学描写，其缠绵、其动人、其细节，大多偏离了历史真实，如"卫

娘鬃薄金鸾小"，再如"舞学平阳态，歌翻子夜声"。

美是美，却非真正的卫子夫，未显出她最重要的内涵。

卫子夫出身低微，据史料记载："卫皇后字子夫，生微矣。盖其家号曰卫氏，子夫为平阳主讴者。"

这并不妨碍她与刘彻的爱情佳话。

刘彻的大姐平阳公主效仿馆陶长公主，为弟弟选良女。众多女子，刘彻谁也不喜，独悦子夫，从此相濡以沫49年，在历史上也是少见。

说帝王专情，几千年转眼如烟的后宫轶事告诉我们那是不可能的。三千宠爱在一身、一见钟情不过是文学意象而已，杨玉环做不到，卫子夫同样做不到。

卫子夫入宫不久，就被刘彻弃之不顾，直到后宫裁撤老弱，汉武帝逐一过筛子，她才再次见到刘彻，重新得到尊宠。

然而这不过是第一关，更大的考验还在后面。

青春是短暂的，女人再美，也有凋谢的时候。

卫子夫没有宫里的新人那般夺目，但她也没有自暴自弃或者争风吃醋。她有自己的立身处世原则，不饶舌，做好分内事，为丈夫当好后宫之主。

这是很难做到的，尤其在古代的封建社会。卫子夫却做到了，而且做得很好。

所以在卫子夫被册立皇后时，郎官枚皋专门为她写了《戒终赋》，这是卫子夫应得的赞誉。

尽管后来年老色衰，她仍受武帝敬重与信任。

刘彻每次离开，政务托付太子，宫内琐事则由卫子夫一人裁决。每次卫子夫记录的事，向刘彻禀报，他都十分满意，有时都免了卫子夫的汇报程序。

《资治通鉴》曰："皇后……虽久无宠，尚被礼遇。"

国无德不兴，人无德不立。

和那些"贵震天下"的后妃所不同的是，子夫从不干政，甚至想方设法地远离政治，"善自防闲，避嫌疑"。

汉武帝生平最怕的就是后宫干政，晚年他甚至因此将昭帝的母亲钩弋夫人赐死，就是怕历经几代的后宫干政会重演。

卫家在朝堂内外备受汉武帝的重视,拥有的权力、富贵、地位都是空前的。

霍去病、卫长君、卫青……这些耳熟能详的重臣都是卫系一脉的,父子五人皆列侯。

其他的旁支就不说了,从政权中心到军队,从庙堂到边疆,全都是非常关键性的职务,说句戏言卫家要想反叛,成功率非常的高。

卫子夫要是想弄权,不乏条件,要是想独霸后宫也是很简单的事,但她没有,这也是她受人敬重的地方。

也因为如此,后世的儒学大家才会将其捧之。

但己无害人之心,却不能防止他人无害己之心。

第二次巫蛊案发生后,太子被冤枉,无奈之下造反。

一边是儿子,另一边是丈夫。卫子夫夹在两方之间,只能做出选择,保护被冤枉的儿子。

反叛被很快地镇压,汉武帝派人去收皇后玺绶,卫子夫自杀。

葬礼很简陋,此后4年,未央宫再无新主人。

在刘彻心中,卫子夫大概是他永远的皇后,她的贤惠

无人能够取代。

　　宣帝上台后，为曾祖母恢复荣耀，并大张旗鼓改葬，为她追封"思后"。卫子夫成为有史以来第一位拥有独立谥号的皇后。

千年回首说传奇

卫子夫于汉景帝年间出生，在当时的平阳侯曹时封邑境内，由于身世寒微，被称为卫氏。其父之名史不见载，母亲冠以夫姓称卫媪，曾为平阳侯家僮。因家境原因，卫子夫年少时被送往平阳侯家教习歌舞，后为平阳侯府讴者。

汉武帝建元二年春三月上巳日，刘彻此时是 18 岁的少年，这天他去霸上祭祀先祖，为天下祈福除灾。

回宫时，他顺路去了平阳侯在京府邸，看望已出嫁的大姐平阳公主。

平阳公主效仿馆陶长公主，令事先已经准备好的十几个女孩精心装扮，令她们拜见皇帝，但刘彻看过之后却并不满意。平阳公主见刘彻不喜，便没有勉强，命十余人退下，继续酒宴。侯府的歌女逐个上堂献唱，卫子夫也在其中。

　　刘彻向侯府的歌女看去，欣赏舞蹈，无意中发现卫子夫，并一眼就看中了。

　　在尚衣轩中，卫子夫被命令去伺候，得到刘彻的初幸。刘彻非常喜欢卫子夫，赏赐了平阳公主黄金千金。平阳公主顺势奏请将子夫送入宫中，刘彻欣然答应。

　　临走前，平阳公主对卫子夫好一番叮嘱。

　　一入宫门深似海，自建元二年入宫以来，时隔一年多，刘彻好似忘了她，再也没有召幸她。

　　建元三年，后宫裁撤人员，刘彻释放宫里的人离开，卫子夫才又一次见到刘彻。她哭着向刘彻请求释放她离开。刘彻这时才想起卫子夫来，看着她哭泣，刘彻心生怜爱，再一次临幸了她，卫子夫亦因此怀孕，日益尊宠，在宫中的地位也看似稳固了。

　　当时的皇后陈氏是大长公主刘嫖之女，因刘嫖对汉武帝的重要性，她在宫中倍加骄横高贵。她对卫子夫受宠一事非常嫉妒，加之卫子夫怀孕了，自己却数年未有生育，膝下无子嗣。眼看皇后之位岌岌可危。

　　她把此事添油加醋告知父亲刘嫖。刘嫖爱女心切，同时也是为了巩固在汉庭的势力，便派人去抓捕卫子夫的弟弟卫青，欲杀卫青恐吓卫子夫。

如果不是卫青的朋友公孙敖相救，刘嫖的诡计就要得逞。

刘彻得知此事后，就召见了卫青，安抚了他。此时汉武帝已有废后的想法，只是有些事没有那么简单，废后动摇国之根本，而且汉武帝还需仰仗刘嫖。

此后 10 年中，卫子夫封为夫人。卫青、公孙敖皆成为朝廷重臣，卫系一族在朝堂上占据一席之地。

汉武帝元光五年，陈皇后再次作梗，暗害卫子夫的事被揭发。

刘彻盛怒之下，派御史大夫张欧负责此案，一定要严查到底。后追查出楚服等人为陈皇后施巫蛊之邪术，祝告鬼神，祸害他人，属大逆不道之罪。至此，为后 11 年的陈皇后于元光五年秋七月乙巳日以受人迷惑行巫蛊事被废。

此后半年有余，卫子夫再次怀孕。元朔元年春天，卫子夫为汉武帝生下第一位皇子。武帝异常欣喜，便命令东方朔作《皇太子生赋》及《立皇子禖祝》之赋，感谢上苍

赐予他的第一位皇子，武帝又修建了婚育之神高禖神之祠以祭拜之。

举国同庆这位迟来十余年的大汉皇长子的诞生，刘彻为他取名为刘据，也就是宣帝的爷爷。

欢喜之余，卫子夫顺理成章成为皇后已经是众望所归。

元朔元年的春天，卫子夫被册立为皇后。

诏曰："朕听说天地不变，施化不成；阴阳不变，物不畅茂。《易》说：'因势变通，人民的精神才会振作。'《诗》说：'通天地之变而不失道，择善而从。'朕欣赏唐虞而乐观殷周，愿汲取历史的经验教训以为借鉴。现在大赦天下，与民更始。有的犯了罪畏罪逃亡及久欠官物而被起诉，事出在孝景帝三年以前的，都免予处理。"

至此，已空闲一年八个月的未央宫，迎来了它的新主人。

人生沧桑谁能料

成为皇后的卫子夫兢兢业业地照顾丈夫，为汉武帝开创汉武盛世扫除了后顾之忧，然而几十年后，一场巨大的阴谋即将来临。

征和二年春正月，丞相公孙贺被抓捕，并冠以其弟子宾客不顾黎民死活等多条罪名，将其关入大牢。不久，公孙贺父子便死在狱中。

但此事却远未结束，甚至越演越烈。

一个月后，征和二年的夏天，一场卫家的大难正式拉开序幕。

诸邑公主、阳石公主以巫蛊之罪相继被处死，卫系一脉被牵扯进去，卫青之子及卫长公主之子亦在连坐之内。

宠臣江充因与太子有隙，害怕太子有朝一日登位会清算往事，索性先下手为强，借由此次的事情，硬是拖太子下水。江充向刘彻进言，称其生病是因为有人行巫蛊诅咒天子，于是武帝命江充为使者彻查巫蛊之案。

　　江充指挥人四处掘地寻找莫须有的木偶人，抓到的人以炮烙之酷刑逼供认罪，也不管真相如何，被罪冤死者前后共计数万人。

　　至此，天下人心惶惶，恐慌弥漫，而刘彻因年迈体病愈加相信巫蛊之事。不但不及时制止，还在背后支持江充。

　　江充见此，便把矛头引向东宫，但他十分聪明，不直接指出，而是开始搜查后宫不被宠幸的夫人，依次查到皇后卫子夫那里。

　　查无所获之后，江充终于显出本来目的，在太子宫"挖"出巫蛊用的桐木人，嫁祸给太子刘据。

　　刘据想要找父亲辩白，却被江充等人限制，无法说清状况之下，江充欲逼死太子。

　　为了自保，不想如扶苏一般死得毫无价值，刘据便听从少傅石德之计。

七月壬午日，刘据派门客装成使者，把江充等人逮捕起来，想要控制所有参与之人，再向父亲说明情况。

不料协助江充办理此案的御史章赣逃出，把此事告知了汉武帝。因刘据能指挥的车马有限，他在决定起兵后派人通过长御倚华呈报卫子夫。

卫子夫果断行使皇后的权力，调动中厩里皇后的马车装载射手，搬取武库的兵器，调发长乐宫的卫队以助刘据。刘据向文武百官宣称江充造反，斩了江充巡示朝野，并在上林苑烧死了一众胡人巫师。

刘据起兵后，武帝还是顾念父子情，毕竟太子是他一手教出来的。他便派遣使者入长安探查。使者却因胆怯未敢入城，对武帝谎称太子造反要杀自己。武帝误会刘据是真的起兵想要造反，派左丞相刘屈氂发兵讨逆。

双方兵力悬殊，根本没有可比性，刘据兵败几乎是肯定的。血染遍了长安城，为佞臣买单的无数亡魂长埋地底。

太子战败出奔，得丞相之助于覆盎门逃出长安，隐匿湖县，而卫子夫已经在宫里面对着即将到来的处罚。

汉武帝得知太子起兵有卫子夫支持，既痛心又愤怒。

他下诏收回用以帮助刘据起兵、象征皇后实权的玺绶，但并未废除卫子夫，也未让她搬离，在他心里还是念有旧情的。

而卫皇后面对佞臣为奸、血染长安的情境，她选择了承担。她希望用她的死挽回他们父子之间的感情，证明自己的清白，证明儿子的清白。

她的葬礼很简单，但是她被葬在了太子出逃的方向。在这里她可以注视着皇宫，也可以注视着湖县。

至此，母仪天下38载的卫皇后长眠，而浩劫过后的皇宫依旧没有变化。如果不是未央宫里空无一人，大概很难想象曾经发生过这样的事。未央宫失去它的主人，直到汉昭帝即位。

第二辑 清朝杰出女政治家孝庄皇后

清朝杰出女政治家

孝庄皇后

——风拂过青草碧连天的大草原，留下一缕淡淡的清香。

马蹄声渐近，一双草原儿女策马而过。

辽阔的草原上，执手相伴，这是多少女子梦寐以求之事。

但这个女孩却没想到，她自己就是未来的孝庄皇后。

马踏夕阳醉红尘

俗话说每个成功的男人背后都有一位女人的辅助，在帝王之家，尤为重要。

古往今来，凡是王朝盛世，莫不是朝局稳定，后宫安宁。一位贤德的后宫之主，对帝王是莫大的助力。

而如果这位后宫之主非贤德之人，有时还会祸害宫廷，甚至断送一个强大的王朝。

其中清朝历史最为典型。

清朝可以说是因一个女人而立，又因另一个女人而亡。

她们就是孝庄和慈禧，仿佛南北两极，一正一反，有着截然不同的作为，有着截然不同的结局。

风拂过青草碧连天的大草原，留下一缕淡淡的清香。

马蹄声渐近，一双草原儿女策马而过。

辽阔的草原上，执手相伴，这是多少女子梦寐以求之事。

但这个女孩却没想到，她自己就是未来的孝庄皇后。

明万历四十一年，孝庄出生，本名博尔济吉特·布木布泰，是蒙古科尔沁贝勒寨桑之女。

布木布泰在蒙古语中的意思是"天赐贵人"。

现在许多人称呼她为"大玉儿"，其实是一种错误，"大玉儿"这个名字是小说家杜撰出来的，而非她的本名。

博尔济吉特则是她的姓，这是铁木真家族，也就是蒙古黄金家族的姓氏。

孝庄出生恰逢乱世，蒙古草原的各大部落相互吞并，中原局势又非常乱，明末农民起义此起彼伏，北方爱新觉罗氏崛起，迅速地成长为一股强大的新生力量。

科尔沁部正好处于夹缝里，又是蒙古草原最弱小的部落之一，生存极为艰难。

联姻成为科尔沁部生存的唯一方式。纵观局势，能与科尔沁部结盟的，也只有当时迫切需要支持的女真新秀爱新觉罗氏。

孝庄的姑妈，就是在这样的环境下，成为政治联姻的牺牲品，远嫁皇太极。

但是不知为何，孝庄的姑妈迟迟未能怀孕，为了能巩固两部之间的友谊，孝庄的姑妈将她的两位侄女，孝庄和宸妃介绍给了当时的皇太极。

后金天命十年，年仅 13 岁的孝庄还处于少女懵懂的时期，不解爱情，不知浪漫，无拘无束地生活在这片草原上，完全不知道将等来何种命运。

草原绿色的绸缎延伸着，直至看不见的远方，连接着天与地。草原上的牧羊人驱赶着一片白云般的羊群，向那蓝天白云走去。

在皇太极生前，孝庄在后宫的地位并不显赫。在后宫统摄一切的是她姑妈，而受到皇太极专宠的则是她姐姐宸妃。

崇德七年，明朝蓟辽总督洪承畴被清军俘获，皇太极得知后大喜。洪承畴是明朝名声显赫的封疆重臣，收服他对瓦解明朝统治具有很大的意义。

皇太极下令把洪承畴押到盛京，派汉臣轮番劝说，洪

承畴却始终不低头。

孝庄得知后，向皇太极毛遂自荐。她扮作待女的样子，带着一壶人参汁，来到洪承畴的关押地，温柔细语感化他，终于说服洪承畴投到清军麾下。

孝庄长期留意参预清廷政治，为她后来从政打下了基础。

崇德八年，清军松锦告捷后，国力渐盛，皇太极踌躇满志，准备再接再厉，一举攻入山海关，没想到突发脑溢血，暴死于盛京后宫。

帝王猝死，未来得及指定继承人，很容易引发政治动乱。皇太极自认为还有很多时间去慢慢挑选，但上天却让他猝不及防地死亡。

在他繁琐的丧仪背后，一场激烈的权力角逐正悄悄展开。

皇太极继承汗位后，打破了努尔哈赤生前曾规定的，继承人必须由满洲贵族公议，从八大议政贝勒中推选的制度。大汗的权力更具有领导性的同时，它的诱惑性也令皇室出现了分歧。

肃亲王豪格，皇太极的长子，跟随父亲南征北战多年，得到两黄旗和镶红旗、镶蓝旗的拥护和支持，在众皇子中势力最大，最有资格成为大汗。

睿亲王多尔衮，皇太极的兄弟，雄才大略、战功累累，继位的呼声也很高，有英亲王阿济格、豫郡王多铎和正、镶两白旗将领支持。

代善等人则冷眼旁观，两边都不得罪。

眼看还未与明朝决战，就要开始内战了。最后，多尔衮出乎意料地提出让福临成为皇帝，由他来辅政，"虎口王即让而去，无继统之意，当立帝之第三子。而年岁幼稚。八高山军兵，否与右真王分掌其半，左右辅政，年长之后，当即归政。"

两黄旗大臣见福临也是先帝的儿子，便不再坚持立豪格，剑拔弩张的气氛也稍作缓和。祭祖祷天、集体盟誓，于是6岁的小娃娃福临被扶上了皇帝宝座，改元顺治。

其实多尔衮对皇位垂涎已久，之所以放弃，除了担心发生内乱而作出这个决定，更重要的是孝庄背后努力斡旋，令多尔衮做了退让。

宫廷乱闹毫不惧

身为爱新觉罗家族的成员，孝庄很明白内乱会造成的危害。

为了使多尔衮的权力欲望不致落空，又满足两黄旗大臣立皇子的要求，唯一的办法就是另立一位年幼的皇子。

年幼的皇子能有什么作为，权力当然旁落多尔衮之手。比起豪格，多尔衮肯定更愿意立一位年幼的孩子作为皇子。

孝庄利用这一点，笼络多尔衮，使多尔衮采纳了她的方案，成功把福临抱上了御座，同时也避免了内战。

至于孝庄是如何笼络多尔衮的，史书上并未有任何记载。人们只有去想象，也许是多尔衮喜欢大玉儿，也许是两人有暗中通婚。

虽然多尔衮高踞摄政王之位，掌握大清军政大权，一人之下，万人之上，但毕竟没有如愿坐上皇位，他无论获得多大的权力，名义上还是臣子，是皇太极、皇太极儿子的臣子。

这种缺憾，使他无比的懊恼、愁苦，况且清朝的江山还是他打下来的，这使他内心极不平衡难以释怀。

当年妨碍他获得皇位的豪格，在顺治元年就被罗织罪名，废为庶人，囚禁至死。

与他同居辅政王之位的济尔哈朗，也被罢职，降为郡王，朝堂已成为多尔衮的内宅。

但他还是不满意，随着他功业的累进，他的权力欲愈益炽烈，偷用御用器皿、私造皇帝龙袍、对镜自赏等等。

孝庄在多尔衮的步步进逼下，采取了隐忍、退让和委曲求全的态度。她不断讨好多尔衮，没有爵位赏赐，那就赏赐封号。

顺治元年十月，多尔衮被加封为叔父摄政王，旋又加封皇叔父摄政王。顺治四年，停止多尔衮御前跪拜。

至于后来孝庄下嫁一事，在学界有争议，不管是不是真的，大概都与爱情无关。

执政三朝传古今

顺治七年十二月，多尔衮出猎，死于喀喇城，被追尊为"诚敬义皇帝"，用皇帝丧仪。

权力斗争刚告一段落，孝庄又陷入家庭矛盾的洪流。因为孝庄对多尔衮的隐忍退让，令福临产生抗拒和叛逆。几乎在每一件事上，福临都与孝庄对着干，视孝庄为仇人，还掘多尔衮坟墓鞭尸，解他心头之气。

顺治十四年十月，董鄂氏产下一子，4个月后不幸夭折，丧子的悲伤使她郁郁成疾，宫廷矛盾的精神重负，使她原来有病的身体更加虚损赢弱。

顺治十七年八月，董鄂氏病故。福临遭此打击，精神颓废，恹恹无生趣，未出半年，患痘症而逝。

福临死前留下遗嘱，8岁的皇三子玄烨入继皇统，改元康熙，并安排了四位忠于皇室的满洲老臣鳌拜、索尼、苏克萨哈和遏必隆辅政。

孝庄此时虽有足够的声望与资历临朝，但此例一开，将来或许贻害后代。因此她坚持了大臣辅政的体制，把朝政托付给四大臣，自己则倾力调教小孙子，培养他治国安邦的才能，以便他亲政后能担当起统御庞大帝国的重任。

没想到，鳌拜会成为第二个多尔衮。不久，鳌拜暴露出专横暴戾的本性，在朝堂上广植党羽，排斥异己，把揽朝政，把玄烨当做毛头小子欺凌。

在朝堂政务上，鳌拜倒行逆施，恢复旧制，拒绝先进文化，分化满汉，欺压汉族百姓，引起朝野上下的不满。

大部分人慑于鳌拜淫威，不敢作声，索尼干脆装病不理朝政，遏必隆软弱，依附鳌拜。唯一的苏克萨哈与鳌拜实力相去甚远。

康熙六年，玄烨 14 岁，按例亲政。鳌拜以皇帝年幼，不足当政为由，不肯交还政权。

玄烨深得祖母孝庄的教诲，在政治手腕上得祖母真传，少年时就显现出帝王之象。他设计软禁了鳌拜，随后铲除

了余党。在这期间，孝庄一直在背后默默无闻地支持着孙子，她没有亲自出马，而是把这个权力斗争的机会留给了玄烨。果然，玄烨没有让她失望，铲除鳌拜成为了玄烨从政的第一个政绩。

从此，孝庄放手让玄烨理政，让他在治国理政中得到锻炼，又一再提醒他要谨慎用人、安勿忘危、勤修武备等。

清王朝从动乱走向稳定，平定三藩、统一台湾……玄烨把清王朝推向了一个黄金时代，这其中也蕴含了孝庄的心血。

康熙二十六年，孝庄太后病危，康熙皇帝昼夜不离左右，亲奉汤药，并亲自率领王公大臣步行到天坛，祈告上苍，请求折损自己生命，增延祖母寿数。

忆自弱龄，早失怙恃，趋承祖母膝下三十余年，鞠养教诲，以致有成。设无祖母太皇太后，断不能致有今日成立，同极之恩，毕生难报……若大算或穷，愿减臣龄，冀增太皇太后数年之寿。

同年，孝庄辞世，走完了她的人生旅程，赐谥号——孝庄仁宣诚宪恭懿至德纯徽翊天启圣文皇后。

这位历经三朝皇帝的传奇女性，相继辅佐丈夫、儿子和孙子，坚持做他们背后的女人，使大清王朝走向鼎盛，开辟了"康乾盛世"的繁华气象。

第三辑 淹没在历史中的传奇芈月

——据史记记载，在秦国历史上有一位非常有名的女性，她是历史上第一位太后，在位时曾垂帘听政41年。

但这位传奇的女性，在史书上记载寥寥无几，以至于直到找到她的墓穴，方才知道有这样一位女性。

她的墓是按皇帝的规格所葬，可见她生前的地位。

她就是宣太后，秦惠文王的姬妾，史称芈八子。

不为人知的历史

据史记记载，在秦国历史上有一位非常有名的女性，她是历史上第一位太后，在位时曾临朝垂帘听政41年。

但这位传奇的女性，在史书上记载寥寥无几，以至于直到找到她的墓穴，方才知道有这样一位女性。

她的墓是按皇帝的规格所葬，可见她生前的地位。

她就是宣太后，秦惠文王的姬妾，史称芈八子。

秦汉后宫的等级比起明清时期较为简单，共分为八级：王后、夫人、美人、良人、八子、七子、长使、少使。

也就是说八子实际上是秦时期妃子的官称。汉朝沿用了这套制度。在汉代，八子等同于男性官员中的男侯爵。

商鞅变法之后，秦国逐渐强大，有一定实力与其他国

家竞争。而宣太后也在此时登场，不得不说历史真得很有趣。

宣太后在后宫之中具有一席地位，膝下也多子。其中一个儿子嬴稷被送往燕国做了人质。但并不像演义那样，宣太后未与她的孩子一起去燕国做人质。

宣太后与皇后不合已经是众所周知的事，唯一能威胁到皇后身份的人就是宣太后，送嬴稷当人质也是皇后的手腕。

秦惠文王辞世后，嫡长子秦武王即位，也就是皇后的儿子。

秦武王擅长舞刀弄剑，力气大于常人却头脑简单，如果是领兵打仗，做个冲锋将军，当真勇猛无比，但是要做君主，他还差得远。

如果把秦国交给这样一位皇帝，秦国将会走下坡路。

所幸，他没有做多久皇帝，就驾崩了。说起他驾崩的原因，真让人有些哭笑不得。

《史记》记载："王与孟说举鼎，绝膑。"

周王朝有一九鼎，秦武王闻得，前去索要，要凭一己之力扛起，结果把年轻的生命葬送了，成为历史上死亡方式最为愚蠢的皇帝之一。

王后只有秦武王一位儿子，且秦武王未留有子嗣。王位空虚，秦国开始动荡。

王后欲立养子公子壮为王，公子壮为人懦弱不堪重任，朝堂上下皆担忧，其余王子亦是蠢蠢欲动。

宣太后出面，私下联系了燕国和赵国，推举在燕国的公子嬴稷回国即位。加上弟弟魏冉手握兵权，顺理成章迎回远在燕国的嬴稷。

以王后为首的利益团体不服，意欲一较长短，经过长达3年史称季君之乱的王位争夺战，以秦宣太后集团的胜利而告终。

公子壮、惠文后，以及其他王子皆被宣太后处刑，斩草除根，武王后也被赶回了魏国。

《史记·秦本纪》："惠文后皆不得良死，悼武王后出归魏。"

嬴稷凭借母亲宣太后和舅舅魏冉的帮助，成为新一任

秦王，也就是秦昭襄王。

秦国从秦昭襄王到秦始皇，历代君王都非常有作为，他们为秦国最终统一中国做出了杰出的贡献，所以在某种意义上来说，秦国是由秦宣太后缔造的，她成为历史上的一道奇观。

秦国的大局已定，可长达3年的内乱，令秦国元气大伤，周遭国家又虎视眈眈。

宣太后为了避免这种威胁，采取联姻计划，与楚国联姻。

宣太后也非常重视人才的培养，一大批辅助秦昭襄王的重臣也是在此时崛起，像白起等。

宣太后也曾将目光放在外国，寻求天下有识之士。她将目光放到了孟尝君身上，希望能请到他来当国相。为此还命令自己的儿子泾阳君去齐国当人质，换孟尝君过来。

可惜当时孟尝君的门客们劝住了他，认为秦国是虎狼之地，结果未去。待到第二次去的时候，宣太后已经死了。秦昭襄王听小人之言，决定要杀孟尝君，如果不是泾阳君的帮助，他恐怕要深埋秦国地底。

泾阳君与孟尝君私交甚好，他知道了昭王的意图，便把真实情形告诉了孟尝君。孟尝君以千年白狐裘为代价，带着门客逃离了秦国。

　　如果能得到孟尝君以及他手下的辅佐，可以加快秦统一六国的步伐，然而秦昭襄王未有母亲宣太后的眼光和见识，与这位贤士擦肩而过，更将他放跑，成为秦国的敌人。

荆棘之路独自行

《史记·匈奴列传》记载了秦宣太后的往事，与她的情感有关。

匈奴义渠王归顺了秦国，在秦昭襄王继位后前来朝贺。义渠王桀骜不驯，对秦昭襄王非常不屑，大有反叛之意。

在这种情况下，外有六国，内政不稳，如果北方的匈奴再不安定，秦国危矣。

同时，在秦惠文王驾崩的时候，宣太后还很年轻。

最后，宣太后做出了一个让后人诟病很久的决定，私通义渠王。宣太后还为这位义渠王生了两个孩子。这种关系维持了很久，当秦国变得非常强大的时候，宣太后开始对付义渠王。

一山不容二虎，更何况还卧睡在枕边的老虎。

王权之下无亲情，宣太后利用几十年的感情骗得义渠王到了甘泉宫，义渠王丝毫不怀疑宣太后。等待义渠王的不再是温柔乡，而是断头刀。她和他没有感情，也没有任何的情义，而他们所生的那两个孩子，在历史上也没有任何记载。

自此秦国最后一个忧患被宣太后铲除，为儿子秦昭襄王扫除了障碍，秦国对匈奴的防线推到了漠北一线，可以腾出手来，放眼中原，统一中国。

宣太后的辉煌是从她帮助儿子登基开始的，而秦宣太后的没落是从秦国的另一个能人开始，这个人叫范雎。

秦国远交近攻的战略思想就是他提出来的。范雎是对秦国和整个中国历史有着巨大的推动作用的人。

比如，范雎入秦后，他马上发现了一个问题，那就是宣太后把握朝政，大肆使用外戚，秦昭襄王在朝堂上没有实权。而魏冉也不再像以前一样是一位尽责的小叔叔，他变得贪婪和暴躁，权力欲望日益膨胀。

范雎从到达秦国那刻起，就明白他的敌人还不是远在天边的六国，而是眼前的魏冉、把握朝政的外戚和宣太后。

功成身退埋历史

公元前 271 年，秦昭襄王派王稽出使魏国，范雎的挚友郑安平听说秦使来到，认为这是范雎的好机会，便应聘做馆驿的仆役，找机会接近王稽。

郑安平见到王稽后，将范雎推荐出来，王稽听后与范雎见面，发现他确实是一位难得的人才，对范雎的才识胆气十分佩服，就将范郑二人都带回了秦国。

范雎到了秦国一直没有受到秦昭襄王的召见，不是秦昭襄王不想见他，是因为秦昭襄王压根就没有权力召见他。如果他召见了范雎，怕母亲宣太后不高兴。后来，魏冉带兵去攻打齐国的刚、寿，范雎利用这个机会向秦昭襄王上书。

这次，他终于得到了秦昭襄王的召见。

范雎此时有很多话要说，但是他知道秦国现在并不在

秦昭襄王手中，不敢贸然进言，秦昭襄王也知道这些，所以喝退了左右。

据《史记·范雎蔡泽列传》记载：

范雎曰："……足下上畏太后之严，下惑于奸臣之态，居深宫之中，不离阿保之手，终身迷惑，无与昭奸。大者宗庙灭覆，小者身以孤危，此臣之所恐耳。若夫穷辱之事，死亡之患，臣不敢畏也。臣死而秦治，是臣死贤于生。"

范雎先是说秦昭襄王不该因为害怕太后而没有作为，接着指出奸臣也就是魏冉。魏冉对外作战有战略性的失误，没有为秦昭襄王规划统一六国的战略方针。

秦昭襄王有其母之风，有时会犯糊涂，可也是一位明君，学富五车。听完范雎之话立刻明晓，对他颇为赞赏。

又过了几年，范雎再次对秦昭襄王进言了，这次不是批评，而是直接告诉他，秦国很危险，危险的根源就是太后一党。

据《史记·范雎蔡泽列传》记载：

今臣闻秦太后、穰侯用事，高陵、华阳、泾阳佐之，卒无秦王，此亦淖齿、李兑之类也。且夫三代所以亡国者，君专授政，纵酒驰骋弋猎，不听政事。其所授者，妒贤嫉能，御下蔽上，以成其私，不为主计，而主不觉悟，故失其国。今自有秩以上至诸大吏，下及王左右，无非相国之人者。见王独立于朝，臣窃为王恐，万世之后，有秦国者非王子孙也。

昭王闻之大惧，曰："善。"

秦昭襄王被范雎打动了，或者说范雎说中了秦昭襄王的痛处，虽然都是亲戚，但是也不能"功高盖主"，威慑帝王的权力地位。

为了能有一番作为，为了不令支持自己的臣下心灰意冷，秦昭襄王决定收回手中的权力。除掉一切阻碍，实施范雎的战略。

于是秦昭襄王废太后，逐穰侯、高陵、华阳、泾阳君于关外。

秦昭王四十一年，执政41年的宣太后终于走下了政治舞台，秦昭襄王收回王权，把"四贵"解散，拔去秦王朝的一根刺。

　　宣太后给秦昭襄王留下的是一个鼎盛的秦国，在秦昭襄王继续励精图治下，最终使嬴政统一了六国。

第四辑　大脚马皇后的传奇故事

大脚马皇后的传奇故事

——元朝末年，一场天灾降临人间，江南、江淮一带大旱，赤地千里，而黄河又接连决口，饥民遍野。

元朝政府腐败，各地纷纷农民起义，马皇后就是在残酷战争中遇到了朱元璋，并和他喜结连理，辅助他挽救已残破不堪的天下。

乱世之中成孤女

如果说起历史上哪位皇后最有为妻之道的，许多人第一反应便会想起传奇的大脚皇后——马皇后，和朱元璋一起打拼天下的女人。

明太祖洪武年间元宵灯节，朱元璋与谋士刘伯温微服私访京城，在一家大商号门前彩灯高悬，引来无数人围观猜谜。

朱元璋随着人群凑过去看热闹，偶然注意到一则有趣的图画谜面，图上画着一妇人怀抱一个大西瓜眉开眼笑，模样十分滑稽。

朱元璋不解其意，于是向一贯博学多才的刘伯温询问道："此谜何意？"

刘伯温沉吟片刻答道："此为淮西大脚妇人也！"

"淮西大脚女人"指谁，朱元璋仍旧是听不懂。他继续追问刘伯温，后者则诡笑着说："可问皇后娘娘。"

当晚回宫后，朱元璋迫不及待地向马皇后提及此事，马皇后讪然一笑，说："妾乃淮西人氏。"

朱元璋一听大怒，便要传旨捕拿制谜者。

马皇后见状，忙规劝朱元璋不要在佳节吉日行杀戮之事。

朱元璋生性残忍，动不动便杀人，死在朱元璋手里的大臣不计其数，而马皇后是唯一能够制止丈夫行为的人。在马皇后离开人世后，朱元璋更加暴戾，朝堂人心惶惶。

区区一件小事，足见马皇后的仁慈与大度，为何一个母仪天下的皇后却没有裹脚。要知道汉族在封建时代有一个陋习，那就是"三寸金莲"，被儒学大家认为是女子的品德。

何故马皇后却留着一双天然的大足？

只因马皇后出身微贱，原本是一个孤女。年轻时正值战火连天，无暇顾及缠足之事，便成了一个罕见的大足皇后。

元朝末年元至正四年，一场天灾降临人间，江南、江淮一带大旱，赤地千里，而黄河又接连决口，饥民遍野。

元朝政府腐败，各地农民纷纷起义，马皇后就是在残酷战争中遇到了朱元璋，并和他喜结连理，辅助他挽救已残破不堪的天下。

马皇后的故乡是淮西宿州新丰里，家境原本富足。父亲生性豪爽，仗义疏财，未曾想为朋友讨回公道时，失手杀死一个当地豪绅，为了避仇只好逃亡异乡。

临行前，父亲将未满周岁的女儿托付给好友郭子兴抚养，而马皇后的母亲早已去世了，于是马皇后就成为了孤儿。

所幸，郭子兴也是一方义士，他与妻子张氏将马姑娘视为己出，好好抚养她长大。

马姑娘聪慧过人，张氏授以针线女工，郭子兴则教她读书写字，无论学什么，稍一指点，马姑娘便能精通娴熟。

及笄之年后，马姑娘已出落得一副好模样，端庄可人，明眸秀眉，一举一动都透露出大家闺秀的风范，郭子兴夫妇十分钟爱，便为其择佳婿。

可是寻寻觅觅，却始终没找到中意的佳婿。

因天下动乱，各地义军蜂起。

素有大志又颇具一定声望的郭子兴，也于元顺帝至正十二年初春，在境州聚众起义，反抗元朝廷。起事之初，琐事颇多，马姑娘的婚事也就暂时搁置下来了。

郭子兴起兵不久，朱元璋就投奔到他的旗下，任"十夫长"，此时朱元璋不过25岁。他凭借着过人的胆识和智略，数次出战都立下了大功，深受郭子兴的赏识。

一次胜仗之后，郭子兴设酒宴犒劳众将士。除庆功外，郭子兴夫妇其实还有另一个目的，那就是趁此机会，在众多将领中，为马姑娘择一乘龙快婿。

酒宴开始后，各位将领酒兴正酣，神采飞扬，划拳喝令，觥盘交错，脸上满溢着胜利后的喜悦。

张氏拉着马姑娘躲在幕帐后暗暗观察，直到她看到朱元璋。

马姑娘看到朱元璋眉目轩昂，英气逼人，便脸红着向张氏表明了自己的心迹。

张氏也是个有眼光的女人，她早听丈夫说起过朱元璋的事迹，也深觉此人将来必有腾达之日，因此对养女的选择赞赏不已。

由郭子兴夫妇作主，马姑娘的婚姻大事就这样定下来了。

朱元璋在郭子兴军中屡屡建功获赏时，就曾惹得一些追随郭子兴起兵的亲信人物眼红，现在他又成了元帅的乘龙快婿，更令他们妒火中烧，于是总想给朱元璋找点麻烦。

而此时义军作战的形势变得错综复杂了，朱元璋与郭子兴产生了矛盾，两人对战略有着不同的见解。

那些平日里嫉妒朱元璋的郭子兴亲信乘机大进谗言，说朱元璋如何骄恣，如何专断，一定怀有异心，图谋不轨，要元帅小心防范，这使一向刚愎自用的郭子兴开始怀疑朱元璋。

甘为丈夫受寒迫

有一次，郭子兴召集将领商议下一步的军事行动，众部将对郭子兴的主张唯唯诺诺，连连称是，唯有朱元璋表达了异议。

朱元璋直接顶撞郭子兴，令其脸上无光。郭子兴不肯承认错误，两人大声争执起来。

于是，郭子兴一怒之下下令将朱元璋幽禁起来。

其实郭子兴只是为了挽回面子，当然不会对自己信任又得力的女婿开杀戒。

可郭子兴手下那些别有用心的亲信，却瞒着郭子兴，暗中下令看守人员断绝了朱元璋的饮食，将无法与外界取得联系的朱元璋推向死亡。

马姑娘担心丈夫，趁看守的人不注意，从一条暗道溜

进牢中。

她发现朱元璋断食已久，心疼无比，又不敢告诉父亲，生怕父亲知道了更加生气恼火。

于是，她每次吃饭时都佯装身体不适，将食物带到卧室中，这样省下食物给丈夫，得以勉强维持着朱元璋的生命。

可是，从马姑娘口中省下来的这点食物，毕竟填不饱朱元璋的肚子，为了让丈夫吃饱，端庄高雅的马氏只好使出下策——到厨房行窃。

她的行为被养母发觉，在养母的询问下，马姑娘流下了眼泪，她把全部真相禀明了养母。

张氏听了大感震惊，也不由地落了不少泪，等马姑娘解开衣襟掏出藏在怀里的馍馍时，发现乳头已被烫得又红又肿。

张氏当即对郭子兴说明了情况，并替朱元璋说情。

郭子兴听说亲信竟敢背着自己干如此勾当，心中大为恼怒，马上下令放出朱元璋并恢复其原职，并将那些陷害朱元璋的人关进了牢房。

元顺帝至正十五年，朱元璋投到郭子兴门下还未满3

年时间，因屡立战功不断地得到提拔荣升，已成为郭子兴的副帅，总管兵符，节制诸将，建立起很高的威望。

不久，郭子兴病死，朱元璋顺理成章地顶替其位，成了义军元帅，继续抗元兴汉的大业。第二年，朱元璋率军攻克了重镇集庆，将之改名应天府，自立为吴王，马姑娘也随之成了吴王妃。

当时朱元璋除对抗元军外，还与自称汉帝的陈友谅互相争夺地盘，战事频繁，无安宁之日。

马姑娘为了助丈夫一臂之力，亲自带领将士的妻女为部队制衣做鞋，使得前方士气大振，不久，朱元璋就击败了陈友谅。

朱元璋一鼓作气，率军南征北战，扫平了其他起义军，又攻下了不堪一击的元军，恢复了汉族的天下，统一了中国。

朱元璋定都应天府，建立明朝，成了开国皇帝明太祖，马姑娘也被册立为皇后。

攻下元都北京后，朱元璋的部下搜罗元宫中大批的珍宝玩物，运到应天府，进献给朱元璋。

朱元璋初登地位，有些沾沾自喜，又拥有如此众多宝物，自是喜不胜收，忙叫来马皇后一同玩赏。

谁知马皇后见了，却劝诫朱元璋，还举了元朝的例子，朱元璋顿时醒悟，自我反省不要像李自成那样忘记初心。

此后，性情自负而多疑的朱元璋，之所以在打下江山后还能任用贤臣，不能不说与马皇后的劝导有关。

马皇后不但劝丈夫以贤德治国，自己也以贤德勤治后宫，用自己的一言一行，倡导后宫嫔妃励勤节俭。

朱元璋的衣履饮食，马皇后都亲自料理省视，而她自己则布衣淡食，极其俭朴，衣服穿破了也舍不得丢弃，常要补好再穿，虽然位居极贵，但她决不忘记贫贱和战争年代养成的好习惯。

皇帝后宫佳丽三千，而马皇后却丝毫不小器，尽显母仪天下的气度，对宫中所有人都关心备至，每逢文武官员夫人入朝，她都不忘送些礼品，并与她们寒暄交谈。

这样一来，宫廷内外的人对马皇后都十分尊敬。朱元璋也盛赞她可与当年唐太宗的长孙皇后相比。

但马皇后却很谦虚地说道："妾只求无愧于心，不敢

与贤德的长孙皇后相比。"

她不但自己谦和崇贤，而且时时不忘提醒身处皇位的丈夫，真不愧为一个精心佐夫治国的好皇后。

辅助帝王定天下

马皇后深知忠臣贤士对朝廷的重要性，因而十分注意。

每日早朝议事，若事情较多就常常要延续至晌午，这时奏事官吏按惯例就在殿廷上用午餐。

马皇后命宦官取来奏事官吏午餐的菜肴品尝，她觉得味道欠佳，随即向朱元璋建议改善。

朱元璋深以为然，就下令管理膳食的光禄寺卿改善膳食。

虽是一桩小事，却使官员们十分感激马皇后对他们的关心，更加尽心朝政。

马皇后不但有贤德，而且有才能，她广读经史，学问渊博，太祖所有的札记，都由她亲自执笔记下。每当朱元璋有所感慨和言论，她都仔细地记录下来，无论事态如何

复杂，均能整理得条理分明，毫无疏漏之处。

朱元璋为了报答马皇后的美德与佐治之功，数次提议赐予皇后族人高官厚禄，马皇后总是坚决谢绝，称明朝不可重蹈覆辙，外戚干政决不能开先例。

因此，明代外戚虽然也享受高爵厚赐，但一般不授以高职，严禁干预政事，这规矩就是马皇后订下来的。

鉴于汉、唐两代的祸乱，多由宦官参政而引起，马皇后特别在这方面给朱元璋出主意，深得朱元璋的赞赏。

因此，明朝廷严格规定，内臣不得兼任外臣文武官职，不得着外臣冠服，不得与外廷诸司有文书往来。

除此之外，马皇后最大的功绩，就是劝诫朱元璋少猜忌和苛责大臣，遇事常常劝诫，减少了不少刑戮，挽救了无数的无辜受害者。

可惜马皇后死得早，朱元璋晚年时大兴文字狱，令朝堂数次大换血，所有人惶惶不可终日。

第五辑 李世民背后的女人长孙皇后

李世民背後的女人 长孙皇后

山河漫漶，飞鸿掠影。

在锦绣大唐的历史上，有一个女人的名字，深深镌刻在盛世华锦上。

即使是后来的一代女帝武则天，也不能超越。

她就是唐太宗李世民背后的女人——长孙皇后。

皎月无声环珮吟

在狼烟四起群雄逐鹿的隋唐年间，家居河洛之畔的长孙家族，是虎踞彪炳的名门世家，从北魏至隋以来才贤辈出，可谓"钟鸣鼎食，家世山河"。

长孙皇后的父亲长孙晟是隋朝右骁卫将军，他擅长纵横捭阖之术，间离分裂突厥，使得突厥人颇为敬畏。

隋仁寿元年2月6日，长安永兴坊，继室高氏为丈夫长孙晟诞下了一个女孩，小字观音婢，这个女孩就是日后母仪天下名垂青史的一代贤后——文德长孙皇后。

长孙晟精通文韬武略，在这样的家学渊源下，长孙氏和哥哥长孙无忌从小就饱读诗书，满腹经纶，卓越冠绝。长孙晟对两兄妹期望极高。

长孙氏从聪颖灵动的孩童，渐渐出落成清丽婉约的青春少女，她的心中有了少女的纯情梦幻。长孙晟自然明晓女儿的柔情心曲。

于是长孙氏的婚事，成为长孙家的头等大事。

当时她的伯父长孙炽很仰慕唐国公李渊的妻子窦氏，长孙炽认为这位大气雍容的夫人，一定也能培育出杰出优秀的子女，因此他向长孙晟提议与唐国公订下姻缘。

李渊出身于北周的贵族家族，身体里流淌着鲜卑人的血，尽管坐拥贵族身份地位，是隋炀帝麾下骁勇战将，骨子里却崇拜草莽英雄，向往铁血金戈。

于是，长孙家族和唐国公订下姻缘之约，两个贵族家庭的儿女命运开始缠绵萦绕在一起。

无奈，月有阴晴圆缺，人有旦夕祸福，婚约订下不久，长孙晟就撒手人寰奔赴极乐。

高氏带着儿女投奔哥哥高士廉家，高士廉对妹妹和长孙两兄妹礼遇相待。

长孙氏的哥哥长孙无忌也是当时豪杰，与李世民是少时好友，是莫逆之交情同手足。高士廉知道了长孙氏的幼时婚约，便在长孙氏父丧期满后，极力撮合此事，将长孙氏许配给李世民。

大业九年（613 年），豆蔻之年的长孙氏与 16 岁的李世民完婚，从此开始了两人相爱相知鹣鲽情深的风雨一世情。

隋炀帝发动第二次征辽战争，李世民的母亲窦氏随军途中意外病倒，李世民身披甲衣悉心照顾母亲，长孙氏也伺候左右。

次月杨玄感同谋兵部侍郎斛斯政谋反，与其交好的高士廉受到牵连被贬。

面对家族亲人的劫难，结婚不久的小夫妻备受煎熬。两人相互安慰扶持，感情渐入佳境。

次年隋炀帝敕李渊为太原留守。李世民和长孙氏也随

李渊居太原，年仅 17 岁左右的长孙氏承担起唐国公府的家庭要务。

长孙氏宅心仁厚，在太原修建了玄中寺，时常亲赴寺中聆听钟声佛音，她的仁慈声名，也随着恢弘绵长的钟声，在太原城中流传开来。

身处乱世烽烟，即使心如明镜，也难以周全栖身。长孙氏以她自幼闺阁中所学的礼义敦教，护佑着李家的安危荣辱。

李渊登基为帝，国号唐。李世民受封秦王，长孙氏亦随之受册为秦王妃。

武德二年长孙氏与李世民的长子诞生于承乾殿，故以此殿为名，取名李承乾。

承乾有承继皇业，总领乾坤之意，此二字虽为宫室之名，然而用作人名时，却暗蕴无比深意，是以"承乾"一名为唐高祖为孙子亲赐。

建唐之初，李唐势力弱小，周围列强环伺。李世民在外统兵征战，戎马倥偬，征讨杀伐，硝烟翻滚。

长孙氏深知夫君征战在外，虽不能解他鞍马之劳，须让他无后顾之忧，在牵挂夫君之余，也尽力孝事李渊，深得李渊的喜爱。

李世民征伐四方，屡建奇功，先后荡平了薛举父子、刘武周、宋金刚、窦建德和王世充等势力。他战功卓越光芒四射，威望势力远胜太子李建成，这使得李建成妒火中烧惶惶不安。

李建成常在李渊面前谗害李世民，使李渊不免对李世民有所忌惮疏远。

身为李世民的妻子，长孙氏自然不想看到他们父子的嫌隙日渐扩大。于是，她在宫中周游斡旋，虽长袖善舞，也未能修补不断撕开的罅隙。

李建成于东宫设宴欲毒害李世民，结果失败。又和齐王密谋在昆明池暗杀李世民，阴谋败露。

太子步步紧逼咄咄逼人，李世民处处隐忍，长孙氏不忍丈夫受到暗算伤害，她坚定站在丈夫身后，维护他的安危。

当太白金星在白天熠熠生辉时，李世民看到天时已到，决定动手。

李世民带领长孙无忌、房玄龄、杜如晦、程咬金、高士廉等人在玄武门埋伏，平时常居宫廷闺阁的长孙氏亲来为将士们分发盔甲，勉励众人，将士们都热血沸腾。

在玄武门之变中李世民诛杀了李建成与李元吉后，被李渊立为皇太子，而长孙氏也被册拜为皇太子妃。

随后李渊退让皇位，李世民登基为帝，13天后，册封长孙氏为皇后，从此一代明君贤后，遂成千古佳话。

明眸善睐靥如花

李世民和长孙皇后情深意重，他对妻子的家族也十分恩宠。长孙无忌与李世民为布衣之交，又是开国元勋，他位列凌烟阁 24 功臣之首，李世民视其为心腹。

长孙皇后对外戚之事一直以前史为鉴，深以盈满为诫，"妾之本宗，慎勿处之权要，但以外戚奉朝请，则为幸矣"。

拥权过重必然受他人觊觎窥伺。如果看到武则天对长孙无忌家族的迫害，足见长孙皇后的卓越远见和政治智慧。

长孙皇后坚决反对哥哥担任权重要职，她私下命令哥哥坚决辞职，李世民便解除了长孙无忌尚书右仆射的官职，却将他升为从一品地开府仪同三司，让长孙无忌既不坐拥权位，又享受高官厚禄的闲职。长孙皇后很满意丈夫的决定。

她还很喜爱博览书籍，经常与丈夫一起共执书卷，秉烛夜谈，对答如流，使李世民处理政事颇为获益。

在帮助丈夫处理朝政上，长孙皇后颇有心得，她竭心尽力维护那些忠良正直之才。

无论是古时还是现代，得人心者得人才，得人才者得天下，人才一直都是国之利器。

作为连康熙皇帝都钦佩的唐太宗，自然明晓人才的重要性，他进一步完善了科举考试制度。

唐太宗在端门看见新科进士鱼贯而出，高兴地说："天下英雄入吾彀中矣。"

尽管唐太宗是贤明君王，可他毕竟也有普通人的脾气秉性，他也会对那些正直的大臣发脾气闹别扭。

每当这个时候，长孙皇后经常会站出来调停，安抚丈夫的怒火，化解他的烦忧。

最有名的莫过于"朝服进谏"。

有一次唐太宗下朝后，怒气冲冲回到寝宫，长孙皇后询问，唐太宗回答说："我迟早要杀了魏徵那个乡巴佬，

今天在朝堂上，魏徵公然讥讽嘲笑我。"

长孙皇后却不动声色，而是默默回到里间，换上正式朝服，出来向丈夫祝贺。

唐太宗颇为不解，长孙皇后解释说："听说君主贤明则臣子正直，如今魏徵正直敢言，不正是因为皇上的贤明吗？"

听了这番体贴乖巧的话，唐太宗心中的愤怒释然了，从此更重视魏徵的谏言了。

房玄龄是大唐的开国元勋，与另一位贤臣杜如晦齐名，是唐太宗的左膀右臂，人称"房谋杜断"。因为房玄龄曾犯过一次错误，被唐太宗辞退回家。长孙皇后得悉此事，便劝诫丈夫召回房玄龄。

长孙皇后贤淑大度，她有一双明眸慧眼，能发现丈夫的一些过失不足，护佑着大唐这艘大船穿过风暴暗礁，开启锦绣繁华盛世。

唐代诗人杜牧曾作《阿房宫赋》，揭露了大兴土木奢华无度的弊害。

经常和丈夫同读一本书，长孙皇后明晓了很多王朝兴衰成败的道理，她非常反对奢侈浪费，即便是自己的子女，也坚决反对他们多添加生活器物。

李世民登基后生过一场重病，缠绵床榻累年，长孙皇后悉心照料，昼夜不离左右。她感念丈夫对自己情义深重，将毒药系在腰间，准备"若有不讳，亦不独生"。

她曾发下"妾于陛下不豫之日，誓以死从乘舆"的誓言，当一个男人能够全心全意无私无畏地独爱一个女人时，这个女人必然会全心跟随。

长孙皇后和李世民的相处颇有闲情逸趣。她在内苑游玩，见春日旖旎，桃花灿烂，嫩柳抽芽，便乘兴赋诗，名曰《春游曲》。太宗听闻后，"见而诵之，啧啧称美"。可见长孙皇后即使身为皇后，依然有少女纯情之心，笑靥如春风，沁人心脾。

此恨绵绵无绝期

贞观十年，长孙皇后病重，李承乾忧心母亲病情，想大赦天下为母祈福，但长孙皇后毫不犹豫地拒绝，并说道："死生有命，非人力所能改变的。何况赦免囚犯是国家大事，崇尚佛教又是陛下所不为之事，怎么可以因为我一介妇人而乱了天下的法度呢？"

李承乾把这件事告诉了房玄龄，李世民与朝中大臣十分感慨，大臣们纷纷请求大赦天下，但是长孙皇后依然坚决反对。

唐太宗虽然不忍违逆妻子，但另辟蹊径为爱妻祈福。

他下诏修复天下392所佛庙寺院，明明崇尚佛教本是自己所不为之事，但是为了挽救妻子的生命，唐太宗还是做了。

　　然而天不遂人愿，这年，长孙皇后抛下了少年时代相伴至今的丈夫，抛下了刚刚弱冠的太子李承乾与李泰，抛下了刚刚出降的爱女长乐公主以及更为年幼的 4 个儿女，崩于长安太极宫立政殿，年仅 36 岁。长孙皇后盛年而逝，留给丈夫、儿女的是无尽哀痛。

　　唐太宗对妻子的离世悲恸万分，诸位皇子公主也悲伤异常，尤其是晋王李治，哀慕感动了周围的人。

　　唐太宗十分心疼，于是做出了令世人瞩目的举动：亲自抚养了长孙皇后的一双儿女晋王李治与晋阳公主，成为了中国历史上第一位亲自抚养皇子的皇帝，也是唯一一位亲自抚养公主的皇帝！

　　试想中国上下 5000 年有过多少位皇子，有过多少位公主，又有几个能有这份殊荣被皇帝父亲亲自抚养？而长孙皇后的儿女并没有因为母亲失去而受冷落，反而享受到了这等殊荣，这实在是唐太宗这个性情中人情之所至的惊世举动。

　　长孙皇后被安葬于昭陵，虞世南为其撰写《文德皇后

哀册文》，谥号"文德"二字。

在长孙皇后之前，历代皇后都是按例谥号只有一个字，等到皇帝死后谥号确定下来了，再合在一起。但到了长孙皇后这里，却从一开始就是谥曰"文德"二字，可见在唐太宗的心目中，只有"德"这一个谥号才足以表现出妻子的完美，再加上历代皇帝最心仪的"文"这个谥号，算是最高礼遇。

李世民对妻子的追念远远不止于此。

他度人在宗圣观出家，为皇后追福。

根据史书的记载，长孙皇后被安葬进昭陵的元宫后，李世民下令在五重石门外修建栈道，令宫人起居供养一如皇后生前。

在李世民心中，长孙皇后永远活在他心中，如同从未离去。

他在给魏徵的回诏中，倾诉丧偶后的悲苦心情——

　　顷年以来祸衅既极，又缺嘉偶，荼毒未几，悲伤继及。凡在生灵，孰胜哀痛，岁序屡迁，触目摧感。自尔以来，心虑恍惚，当食忘味，中宵废寝。

　　如此一字一血泪，当真令人唏嘘感慨。

　　李治为了纪念母亲长孙皇后，修建了一座被唐玄奘评价为"壮丽轮奂，今古莫俦"的大慈恩寺。

　　大慈恩寺共有十多座院落，1897间房屋，云阁禅院，重楼复殿，十分奢华。用今天的话来说，这是一项劳民伤财的工程，如果没有皇帝的支持和允许，即使是太子也没有能力与胆量这么做，而《诏建大慈恩寺》这封诏书也证明了这座规模宏伟的寺庙得以修建，正是出自唐太宗本人的旨意，意在追思怀念长孙皇后。

　　在一个男权世界中，长孙皇后以其贤淑仁爱、娴雅静好，成就一个惊世华丽的盛世，成为千古传颂的一代贤后。